숨은바다찾기

시와소금 시인선 · 061

숨은바다찾기

임동윤

시와소금

문득, 한 기억이
지울 수 없는 무늬를 만들고
오래도록
내 삶의 한 방편으로
나를 옭아매왔다

그 바닷가에서 만난 사람들
좀처럼 놓을 수가 없어서
오래 벼르다가 마침내
그 바다를 선보인다

그러나
나는 여전히 부끄럽고
내 시에게도
참 많이 미안하다

2017 봄, 춘천에서
임동윤

| 차례 |

| 시인의 말 |

제1부 어느 잠녀의 노래

제2부 어느 어부의 비망록

시집후기 | 임동윤

어느 잠녀의 노래

프롤로그
— 숨은바다찾기 · 1

숨은 바다를 찾다가 물 그늘에 몸을 묻은
어미는 일흔 아홉의 잠녀였다
깊이 숨은 바다를 찾다가 도진 병으로
어느 유채꽃 환한 봄날 눈을 감았다

도회지로 떠돌던 사내는 그 봄에 돌아와
푸른 바다를 경작하는 어부가 되어야 했고…

작은 포구에서 태어나
한 번도 바다를 벗어난 적이 없는
사내 어머니의 어릴 적 이름은 광주리,
광주리 가득 넘치게 잘 살라고
사내의 할아버지가 붙여준 이름이었다

착한 어미가 눈감은 봄바다처럼
어부가 된 아들의 바다는 잔잔하였다
바람 한 점 없이 잔잔한 물결 속으로
어미의 몸이 고요히 가라앉았을 때

갈매기 한 마리도 끼룩대지 않았던 것처럼

그 어떤 엉큼한 눈빛도 사라지고
부신 햇살만 찰랑거렸던 그 바다를
어부가 된 아들이 오늘 경작하고 있다

어미의 바다
— 숨은바다찾기 · 2

죽어서도 어미는 바다를 보고 있을까
망사리 가득 담아 올리던
미역이며 다시마 소라 멍게 해삼 전복들을
만선으로 돌아오는 어미의 저녁은 늘 꿈결이었다
평생 바다를 뜯어먹고 산 몸이
스스로 그만두라고 욱신거렸지만
그럴수록 어미의 물질은 단호하였다

출렁거리는 저 바다는
한 마리 순한 고래, 당신의 집이었다
거기, 어미의 전 생애가 출렁거렸다

그때마다 낡은 물옷을 쓰다듬었다
부디 잘 있으렴,
깊고 푸른 물결들아, 안녕!

떠날 수 없는 바다는 늘 어미 안에 있었다

어미는 잠녀가 되다

— 숨은바다찾기 · 3

망망대해 끝에서 봄바람이 불어오던 날
사내의 어미는 해녀가 되었다
아침바다에선 괭이갈매기가 날아올랐고
해안에서 가마우지가 날개를 말리고 있었다
그날 처음으로 물질을 나갔었다
두려움이 전부인, 아주 어설픈 어미의 물질
바다는 마치 절해고도絶海孤島 같았다
떠나면 돌아옴이 없는 죽음과도 같은 섬
고백하자면, 어미는 열여섯 너무 이른 나이에
바닷가마을로 시집을 간 것이다
아무것도 몰라서 다행이었지만 그것이 불행이었다
어미를 잡고 놓아주지 않는 운명 같은 것,
그때부터 어미는 자주 잠수병을 앓았다
봄인데도 물결은 차가왔고
자주 안개가 끼었고
바람도 거칠게 정수리를 훑고 지나갔다
종일 헤맸으나
망사리엔 물거품만 가득하였다

그리하여, 어미는
이 마을에서 가장 어린 잠녀가 되어 있었다

다시, 물질이 희망이다
— 숨은바다찾기 · 4

물질 한 번에 바다의 속살이 보인다
아무 것도 탓하지 말아야 한다
가난은 원래 바다의 것이니 바다에게 돌려주고
어미가 원하는 속살만 채굴해야 한다

날마다 문을 여는 바다가 아침을 부르고 있다
어제는 비록 캄캄한 날이었으나
오늘은 저 수평선을 배경으로 해가 뜬다

물질 두 번에 바다가 환해질 것이니
오오 어미여, 숨 한 번 크게 들이쉬고
저 바다 속살을 만지려 잠영을 하렴
첨벙, 두려움 없이 저 바다로 자맥질 하렴

마지막 물질
— 숨은바다찾기 · 5

망사리를 가득 채울 여력은 남아있지만
이젠 숨 가쁘고
수심 깊은 곳으로 가는 일이 두렵다고 했다
물옷을 벗어던질 때마다
편히 쉬라는 자식들의 성화가 무섭다
저승이 가깝다는 말처럼 어미에겐 들린다
평생 배운 것은 물질뿐인데
바다를 떠나 사는 법을 배워야한다니 서럽다
바다에서 배운 순리를 그대로 가지고 싶다
맨 처음 물질하던 때가 흐린 등불로 다가온다
처음 물질의 그 봄날을 기억한다
가까운 바다를 다스렸지만
다스린다는 것은 어미의 헛된 소유욕
평생 물질을 했지만 할머니는 바다를 모른다
태왁을 잡고 갈고리로 바다를 캐내었지만
저 무량의 바다는 수 천 가지의 얼굴
아직 어미는 삼등 잠녀일 뿐
건져 올리는 것은 늘 물거품의 바다

날마다 건져 올려야할 것은 깊고 푸른 바다
꿈결에서도 어미는 물질을 한다

물질 전야

— 숨은바다찾기 · 6

바람소리 유난히 큰 밤이었네
먼 바다로 떠난 남편은 물보라에 가려있고
홀로 남아서 흐린 새벽을 맞는다네
처음 장만한 물옷을 반지르르 닦고
헐렁한 홑이불을 덮고 잠을 청해보지만
추운 별들만 도란도란 말을 건네왔네
첫물질, 겁먹지 마
그런데도 어미는 바다가 두려웠네
저 내용 모를 깜깜한 밑바닥이 두려웠네
그곳을 흐르는 조류가 무서웠네
거기 사는 미역 다시마 말미잘도 무서웠네
당신이 캐내야할 소라전복도 무서웠네
입 떡 벌리고 달려들 것만 같은,
처음 하는 일은 늘 두렵고 무서운 법
뼛속까지 파고드는 바람소리를 껴안아야 했네
첫 물질을 앞둔 밤,
첫날밤 어미는 차마 뜬눈이었네
저 밤하늘 별처럼 고요해야만 했네

밤마다 꾸는 꿈
― 숨은바다찾기 · 7

온통 해삼밭이었네
온통 소라밭이었네
온통 전복밭이었네

그 밭에 서면
망사리 가득 저것들이 꿈틀거렸네
지친 몸인데도
만선의 꿈은 꽃불처럼 불타올랐네

갈매기의 윤무 속에
바다의 속살은 한결 부드러웠네
모든 것을 내어주고도
불평불만이 없는 저 바다

어미의 바다는 반짝거렸네

그러다가 문득 잠 깬 새벽은
바람이 낮은 지붕을 흔들고 갔네

그 바람의 멱살을 잡고
모든 해녀들은 물질 나가지 못하였네

유난히 만선으로 돌아오던
노을이 곱던 그 밤에는
망사리를 가득 채우는 꿈을 꾸었네

어미의 첫 물질
- 숨은바다찾기 · 8

그날, 바다는 잠잠했고
첨벙, 할머니는 처음 바다에 뛰어들었어
봄이었지만
아직 빠른 조류의 흐름은 차가왔어
금세 온몸에 소름이 돋았어
천천히, 아주 천천히, 여유 있게
선배 해녀의 목소리는 들리지도 않았어
아니, 들을 수가 없었어
처음이었고
이 마을의 어미는 처음 해녀였고
바다의 속살은 캄캄하기만 하였어
그 밤에는 신열로 펄펄 끓었어
이제 바다는 할머니의 요람,
어미가 평생 먹고 살아야할 직장이었어
그런데도 당신은 밤새 뜬눈이었어
바다와 뜨겁게 한 몸이 되는 일
매일매일 만나는 두려움으로
어미는 자꾸만 쪼그려들고 있었어

희고 고운 저 속살
— 숨은바다찾기 · 9

저 바다의 속살은 어미의 것
어미의 처음 것이다
눈 감고도 캐낼 수 있는 저 보석들
저것은
얼굴 화장을 하지 않은 어미의 속살
희고 고운, 눈부신 처녀의 몸
그 몸들이 활짝 문을 연다
한 천 년
어두웠던 것들이 첫 번째 문을 열고
어미를 맞고 있다
오늘은 아침부터 만선이다
벼르다가 만
그대에게 가는 길이 멀지 않겠다

영등제
― 숨은바다찾기 · 10

새해 첫날은 용왕께 빌어야 한다
그래야 올 한해가 무사태평하다는 거다
모두 고개를 숙이고
둥둥 북소리를 울려서 바다를 감동시킨다
그물 가득 만선을 꿈꾸는 사람들,
어디서 은빛 물고기 떼가 퉁겨 오르는 듯하다
그 바다의 속살에 그물을 던진다
날마다 모든 것이 풍성하라고 그물을 던진다
독한 소주 몇 잔으로 바다를 달래는 영등제
독한 술잔을 바다에 뿌린다
건배를 외치며 망사리 가득 바다를 주워 담는다
한시도 쉬지 않는 바다가 어미를 부른다
출렁이며 갈고리를 내리라고 말한다
기왕에 물질하려면 모든 것 버리란다
오직 바다에 목숨을 맡기고 갈고리를 잡으란다
내일의 바다는 평온할지니
두려워말라, 두려워말라!
내일의 바다를 다스리는 지금은 신성한 의식

바다에서 캐내는 모든 것들이

보석이 되라고 큰 절을 바친다

두 손으로 싹싹 빈다, 그리곤

저마다 가슴에 꺼지지 않을 촛불 하나씩 켠다

바다의 가장 깊은 곳을 다스리려면

어미도 바다를 믿고 떠나야만 한다

내일 아침엔 해맑은 태양이 뜰 것이다

아무것도 기다리지 말고

풍덩, 물속을 탐색하라고

두려워말고 더 깊이 잠영하라고

물옷
— 숨은바다찾기 · 11

바람도 잠잠하다
물결은 이제 어미 손안에 있다
공기가 침범하지 않게
고무바지와 저고리를
꽁꽁 여민다
이제는 잠영을 해야 할 때,
풍덩, 태왁을 던진다
처음 입는 물옷이다
잠영은 늘 두려움을 안고 온다
태왁을 띄우고
물안경을 닦아 쓰고
밑바닥으로 내려간다
망사리는 가벼울수록 좋다

바다 둘레에
처음 물옷을 입히던
그해 봄

어릿광대의 나날
─ 숨은바다찾기 · 12

갈고리를 놓치면 멀리 도망치고 싶었다

굳은살 손아귀에 생살이 돋고

날마다 빗창을 들고 잠영을 해도

아무리 수경을 잘 닦아도

잘 보이지 않는 물 밑바닥

삶은 늘 흐릿하게 다가왔다

죽은 듯이 숨을 참고 건져 올리는 바다

물거품만 그득한 날은 망사리를 던지고 싶었다

그러나,

경계의 날선 바다는 놓아주지 않았다

갈매기도 바람도 놓아주지 않았다

저 마른 등대도

바다를 향해 어둠을 밝히고 있는데

어미가 이 바다를 다스리지 않으면

누가 이 캄캄한 바다를 다스리랴

가깝고도 먼 바다는 어미의 집

마음 속 경계의 바다를 허물어버려야 한다

다시 아침이 되면 망사리를 펼치리라

허술한 그물코 사이
모든 바닷바람이 빠져나간다 해도
어미는 갈고리를 잡을 것이다
저 바다가 때론 상처로 남는다 해도

비 오시는 날은
— 숨은바다찾기 · 13

비 오시는 날은 멀리 있는 사람도 가까워진다
바다로 나가지 않아도 되는,
밀린 세탁기도 돌리고
모처럼 동네회관에 모여앉아 부침개도 붙이는 시간
처마 끝으로 빗방울들이 모여
낮은 음표로 멀리 있는 그리움을 불러 모은다
바다도 소라 해삼 멍게도 모두 잊어버린다
오직, 서울 자식 생각도 잠시 해보는,
원양어선 남편도 잠시 밤하늘 별로 띄워놓고
쑤시는 팔 다리 주무르는 시간
비 오시는 날은
멀리 있는 얼굴까지 그리워진다
푸른 바다를 내려놓고
잠시 나를 내려놓는 아주 넉넉한 시간

인어물고기
— 숨은바다찾기 · 14

잠녀 어미는 안다, 물 밑에서

오래 견뎌야만 진정 해녀가 된다는 것을

견디면서 눈이 밝아서,

맑은 바다를 캐내는 기술도 겸비해야 한다는 것을

그래서 어미는 인어를 꿈꾸었다

물고기 중에서 몸매 좋고

말도 잘 한다는 물고기,

망사리 가득 바다를 담고 테왁을 밀 때

어미는 살아있는 한 마리 인어였다

누군가에게 사랑을 받고 주는 물고기였다

바다가 내어주는 것들을 온전히 받기 위한

잠영은 늘 아름다워야 하는 법

간혹, 동료들의 잠영이 흩어질 때

어미마저 공연히 숨이 가쁘다

그런 날은 잔물결도 커다란 해일이 된다

바다는 모든 것을 내어주기도 하지만

때때로 모든 것을 거두어가기도 한다

얼마 전, 바다에 목숨을 던진 이가 있었다

바다가 그를 데려간 것이다
그렇다고 바다가 거칠다고 말해선 안 된다
우리 모두 순종하지 못해서 그렇다
바다에 순종할 때, 바다를 온전히 품을 때
어미는 비로소 찬란한 인어가 된다

다시 하는 물질
— 숨은바다찾기 · 15

다시 바다가 열린다
물 그늘 깊은 곳의 어장을 찾는다
수십 깊은 바다에서는 햇살이 지팡이
어장과 어장을 이어주는 획득의 시간
다시 힘차게 빗창을 움켜쥔다
빠르게 조류가 흘러가는 물밑은 어둡다
물 흐름이 잠잠해지기를 기다린다
숨이 턱밑까지 차오른다
아무것도 움켜잡지 못해도 수면으로 돌아온다
심호흡을 하고
다시 풍덩, 자맥질을 한다
아직 망사리는 가볍다
테왁의 부력이 수면 위로 솟아오를수록
더욱 깊이 가라앉기 위해
잠수해야 하는 어미의 바다
쉬지 않고 더듬어야하는 생의 노역
거기, 저녁마다 기다리는
눈빛 고운 식구들의 빨간 식욕이 있다

허리가 결리면서도
건져 올려야 할 바다가 있다
지금 어미는 갈고리 하나 움켜쥐고
깊은 잠영 중이다, 당신 앞에서
고운 꼬리의 열대어들이 춤을 추는데

깊고 푸른 바다
— 숨은바다찾기 · 16

방파제에서 보는 바다는 늘 검푸르다
물옷을 입고 둘러보면
어미를 안고 둥둥 배를 띄우는 테왁은
부화를 위한 하나의 커다란 알

그 알을 잡고 첨벙, 깊고
푸른 곳으로 자맥질을 하면
깊이깊이 바닥으로 가라앉다보면
아아, 어미가 짚어가는 바다는 거대한 그물
어쩌면 어미의 몸도 그물에 갇힌
한 개 나뭇잎으로 떠도는 쪽배 같은 것

저 내용 모를 깊고 푸른 심연에
엄마 젖무덤 같은 곳에 발버둥을 치며
첨벙첨벙 몸을 맡기는 나날
그때마다 건네는 어미의 눈인사는
오늘 무사히, 그리고 욕심 없이!

바람 한 점 없는 아침은

물질하기 참 좋구나, 햇살도 맑구나!

대왕문어
― 숨은바다찾기 · 17

눈 감고도 해삼 멍게를 잡아 올릴 수 있네
손끝의 감각으로 갈고리를 걸 수 있네
손끝의 무게로 무엇을 잡았는지 알 수 있네
들숨을 쉬고 한참을 참아야하는
불편한 바다 밑바닥에서
가장 신나는 순간을 맞기도 했지
대왕문어를 감아올리기도 했지
획득의 기막힌 아침을 맞는 날은
간밤의 용꿈을 떠올리기도 했어
풍랑 속에서도 내일의 바다를 꿈꾸었지
눈보라 속에서도 봄날을 떠올렸었지
평생 면허가 없는 물질을 하면서
갈고리 하나로 바다를 떼어내 팔면서
바다의 깊고 온화한 얼굴을 보았을 때
물옷을 벗은 할머니를 상상조차 할 수 없네
듬성듬성 기운 물옷의 세월처럼
퍼내도 퍼내어도 마르지 않는 바다
해풍에 그을린 얼굴과 촘촘한 잔주름

이제 제법 해녀 티를 내는
어미의 몸, 일흔 다섯은 싱싱한 바다였네
갈고리를 쥔 파도에 단련된 팔뚝은
소라 성게를 잡아 올리는 사내 같았네
얼마 남지 않은 물질의 시간 속에서
그래도 이 바닷가에서
어미가 가장 빨랐네, 당신이 가장 푸르렀네

빗창을 걸다
— 숨은바다찾기 · 18

테왁은 낡았지만
물옷 수선한 자리가 헤아릴 수 낡았지만
서울 간 아들은 벌써 아이가 둘이네
그들 재잘거리는 웃음소리가
아침마다 어미의 단잠을 화들짝 깨웠네
귀가 환하게 건네 오는 그들의 말은
아침마다 바다를 여는 갈매기들의 조잘거림
가는귀가 먹었어도 이때만은 아주 잘 듣네
그런 날은,
움켜쥐는 빗창마다 서슬이 퍼렇다네
마치 오목눈이 같은,
솜털 보송보송한 눈망울의 아이들
아직은 만선의 귀향과는 거리가 멀지만
빗창 하나로 켜드는 등불은
폭풍우 속에서도 꺼지지 않았네
평생 내용을 모르고 물질한 바다는
밤하늘의 가장 빛나는 별처럼 머리 위에 떴네
테왁 하나에 몸을 얹은 어미는

소라 멍게 해삼 전복의 바다 속으로
아침마다 거침없이 자맥질해 들어갔네

버림의 미학
— 숨은바다찾기 · 19

버릴 줄 알아야 얻을 수가 있다
바람 많은 날은 망사리는 물거품이지만
바람 잔잔한 날은 천근 무게로 넘쳐난다
일흔 아홉의 버거운 풍랑에 부대껴온
어미는 한 개의 나뭇잎 쪽배
그런데도 뒤집히거나 난파된 적이 없다
그것은 어미가 제 몸의 무게를 줄인 탓
바다가 주는 대로 먹고 마신 탓
날마다 바다가 일러준 대로 물질하고
망사리를 거두고
힘들면 테왁을 껴안고 산 탓
풍랑 많은 날은 숨을 고르고
바람 심한 날은 빨래를 하면서
바다가 이르는 그 길을 고스란히 걷는다
거역함이 없이 어떤 불빛에도
마음 흔들림이 없이
여전히 바다에 배를 띄우고 항해할 것이다
살아온 날보다 더 느리게

평생 먹여 살린 바다를 경작할 것이다
비록 물밑바닥이 캄캄할지라도
그리하여 빈손일지라도
내일을 믿고 바다와 친해질 것이다
이제 어미는 버릴 줄을 안다
그리하여 더욱 얻을 줄도 안다
오오, 푸른 바다의 푸른 잠녀여

어미의 노래
— 숨은바다찾기 · 20

지금 그대는 지구의 중심을 지나고 있을까
무덥고 눅눅한 바람이 갑판으로 엎질러지는
하늘과 바다 사이
두고 온 가족들이 낮달처럼 떠오를지도 몰라
밤하늘 가득 알록달록한 별들로 떠오른다면
가만히 우리들의 이름을 불러주면 좋겠어
순희, 철이, 남이, 영희, 경아…
우리 주름진 텃밭에도 꽃씨를 파종해야 해

당신 머리 위로 몇 차례 스콜이 지나갔겠지
움켜쥐는 아린 그물의 손아귀마다
남태평양 오징어들의 먹물이 튕겨 올랐겠지
북태평양 꽁치 떼의 은비늘이 반짝거렸겠지
오늘 밤 그리운 가족들이 별로 뜨면
그대 눈썹 끝에도 달빛이 곱게 물들까 몰라,
밤하늘 별들만큼 몇 개의 수평선이
눈 감았다 뜨는 사이
바다 출렁임과도 손을 잡을 수 있을지 몰라

눈 감으면
밤새 파도와 씨름하는 얼굴이 보여
은빛 파닥이는 파도를 지그시 밟으며
자이로컴퍼스를 켜들고 가속레버를 잡아당기는,
머릿속은 온통 다랑어 울음소리로 가득해
바다에 몸을 묻은 완강한 팔뚝이
저인망 그물을 내리는 꿈을 자꾸 꾸었어

무덥고 눅눅한 바람이 갑판으로 엎질러지는
그대는 지금, 지구 중심을 지나가고 있을까

해일 높은 날은
— 숨은바다찾기 · 21

그런 날은 바다를 잠시 잊는 날이다
바다의 속살을 생각하지 않아야 한다
오직 자신만을 위하여
가장 맛있는 식사를 대접하고
오직 자신만을 위하여
이 세상에서 가장 아름다운 옷을 입고
오직 자신만을 위하여
가장 고요한 곳으로 자신을 데려가야 하리라

그런데도 어미는,
밀린 **빨래**를 하고
텃밭의 김을 매고 김치 깍두기를 담그고
마감일 많이 남았는데도
수협에 가서 수도세와 전기세를 낸다
그리곤 생의 물옷이 구멍 난 곳은 없는가
두루두루 점검해야만 했다

만점 안전!

어미에겐
해일 높은 날이 더욱 바빴다

다시 봄 편지
— 숨은바다찾기 · 22

옥빛 물결 위로 잔잔한 바람이 불어왔다
텃밭엔 유채꽃이 한창이엇고
멀고 가까운 포구를 배경으로
괭이갈매기들은 분주히 날아올랐다
눈부신 아침이었다
바다는 여전히 어미를 놓아주지 않았다
이젠 쉬어야겠어요, 몸이
제 말을 공손히 듣지 않으니까요
처음 물질할 때의 정열도 두려움도 없이
바다는 여전히 출렁였지만
이제 마지막 물질이 어미에겐 가까웠다
벌써 여러 번 그만 두고 싶었다
바다가 당신을 버린 것이 아니라
당신이 바다를 버린 것이니까요, 말하자면
자식들이 물질을 원하지 않으니까요
그런데도 여전히 가까운 어미의 바다
저 해조음을 꿈결에서 들을 수 있을까 몰라
그런 날은 한달음에 바다로 가겠지요

바다는 어미의 고향이고 평생 밑천인 것을

그리움이란 늘 눈물을 동반한 것이어서

바다를 바라다만 보는 어미의 눈엔

여전히 망사리를 든 해녀들이 눈부셨다

어린 잠녀를 위하여
— 숨은바다찾기 · 23

포세이돈의 삼지창을 든 바다가
지금부터 어미의 지아비라 생각하라
그 지아비를 잘 섬기려면
물옷부터 온전히 잘 챙겨야 한다
날마다 숨 크게 들이 쉬고
물안경도 말갛게 닦고
갈고리 빗창도 힘차게 움켜쥐어야 하리라
첨벙, 바다의 속살을 쥐어야 하리라
움켜쥐는 손아귀의 악력만큼
너희에겐 획득의 시간이 허락될 것이니
물밑바닥을 소홀히 해선 안 된다
조류의 흐름을 타고
한 마리 날렵한 물고기가 되어
미역 다시마를 뜯으며
소라 멍게 해삼 전복과 놀며
지금부터 너희 지아비는 푸른 바다이리니
바다가 허락하는 대로 몸을 맡겨라
오오 젊은 잠녀여,

바다에서 태어나 바다로 돌아가는,
삶은 오직 저 넉넉한 바다
저 푸르고 깊은 요람에 너를 맡겨라
포세이돈의 삼지창을 든 바다가
오늘부터 바로 너희 지아비이니

제 **2** 부

어느 어부의 비망록

다시, 출항을 위하여
─ 숨은바다찾기 · 24

어미가 죽은 그해 늦가을
귀향했을 때의 바다는 뜨겁게 출렁거렸다
사방으로 열려있어서 거칠 것이 없었다
넘실대는 물결은 갑판을 넘나들었다
마치 허공 한가운데 떠 있는 것 같았다
푸른 물굽이가 끝없이 갑판을 덮치면서
사내는 파랑주의보 속으로 빠져들었다

어쩌면 바다가 제 어미를 삼킨 것처럼
자신을 삼킬 지도 모른다는,
소금기 젖은 머리칼이 칼날로 일어섰던 것이다
바닷물이 흥건하게 고인 갑판
이대로 침몰한 지도 모른다는 생각이 엄습해왔다
자꾸 물질하던 어미의 야윈 얼굴도 떠올랐다
서둘러 배수장치를 가동하여 어둠을 퍼내었다

어미여, 당신은 아직 하늘나라에서도
열두 평 허름한 임대주택에 사나요?

내 돌아갈 때까지 기다려주세요,
사내의 이마를 곱게 물들이는 노을은
오늘 수평선 위에서 저리도 붉은데…

가슴에 나무 한 그루 심기 위해
사내는 심해 속으로 힘찬 투망질을 한다
바다는 더욱 푸르게 출렁거렸고
그러다보면 보름달이 뜨는 한밤중이었다

마침내 사내는
참고 기다리는 바다의 얼굴이 되어갔다

열려있는 바다
— 숨은바다찾기 · 25

바람이 파도를 몰고 오듯
달빛이 가슴 깊은 곳을 흔들고 간다

양푼같이 뜨는 달
반짝반짝 은비늘로 뒤덮이는 바다

바다를 키운 것은 물고기 비늘
도라리 울음소리 자욱한 수평선 너머
바람의 물비린내 정수리에 묻어오는,

잡힐 듯 잡히지 않는
그물코 찢어질 듯 갑판으로 쏟아지는
은비늘 고등어의 울음소리가 있다

하늘은 수평선을 낳고
수평선은 하늘을 떠받들고 있어
하늘과 바다는 늘 한 몸이다

풍랑이 없는 조업操業은

이 바다 어느 수평선에도 없다

둥근달이 그리운 얼굴들로 떠있을 뿐,

바닷가 무덤
― 숨은바다찾기 · 26

바닷가 언덕에는 늘 영혼들이 모여 있다
이름만 남고 육신은 없는 허묘墟墓들
밤이면 별빛을 밝혀 서로의 안부를 묻지만
정작 서로 얼굴을 대면한 적은 없다
어쩌다 폭풍우라도 몰아치는 날이면
봉분의 모래들은 빗물에 쓸려 내려가
해안선을 배경으로 앞바다까지 진출한다
떠난 이들 아직 무덤으로 돌아오지 않아서
기다림에 지친 아낙들이 쌓아올린 봉분
아직은 기다린다, 캄캄한 바다를 가르던
건강한 사내들의 구릿빛 팔뚝을
파도 속에 매몰된 서른여덟의 생애를
올봄 죽은 사람들은 돌아와 장사지냈지만
돌아오지 않은 사람들, 그 이름만 묻었다
무성한 잡풀로 뒤덮인 육신 없는 돌무덤
모래밭을 배경으로 밀려왔다 밀려가는
파도의 뼈만 실루엣으로 보이는 자리
수평선 물들였다가 스스로 지쳐 눕는

저녁노을, 갈매기만 낮게 파도를 탄다
어느 곳으로 떠났다가도 명절날이면
모두 서둘러 고향으로 돌아왔지만
무슨 파도에 밀렸는지, 헛된 꿈만 꾸는지
먼 바다로 물질나간 사람들 소식은 없다
입술에서 잊혀진 이름도 아니면서
이태 째 입술에 올리지 못한 사람들
지금 포구 뒷산 무성한 풀숲에서
아직 돌아오지 못한 껍질들로 누워있다
밤새 언덕을 떠돌며 웅성거리는
저 버려진 영혼들,
어부가 된 사내의 누울 자리는 어디쯤일까

조상기를 풀며

— 숨은바다찾기 · 27

어군탐지기를 따라 조상기를 풀어내린다
수심 4천 미터 심해 밑바닥까지
그물로는 잡을 수 없는 곳으로 줄을 감아내린다
캄캄한 바다, 거친 수면을 가르며
야광찌를 단 낚싯줄이 줄줄이 내려간다
사내의 손짓에 따라
원형통의 줄 감기의 속도가 바람처럼 빠르다
스물다섯 개의 낚싯바늘이 춤을 춘다
폭설처럼 허기가 몰려오고
첨벙, 또 하나의 별이 바다로 떨어졌다
살을 에는 바람은 산같이 몰아쳐도
감았다가 다시 풀어 내리는 물레 끝에
밑바닥이 가까워졌다가 멀어졌다 반복된다
밤하늘엔 야광찌의 반짝임이 별로 뜨고
알록달록 수면으로 내려와 반짝이는 별들
이제 사내는 안다, 자주 엉키는 낚싯줄과
오징어가 내뿜는 먹물보다 더 아프고 질긴 것은
머리 위에 매달린 집어등의 열기라는 것을

조상기 끝에 줄줄이 딸려 올라와 갑판에 드러눕는

오징어들, 연신 물총을 쏘아대지만

철제상자에 담겨 급랭을 하면

조상기 물레처럼 빙빙 돌아가는 밤하늘

그 하늘에 보름달로 뜨는 얼굴, 얼굴들…

마침내 가득 차는 어창이여

밤마다 그리운 이름들을 별처럼 띄워놓고

오늘도 사내는 부지런히 조상기를 돌린다

빙글빙글, 큰 바다를 낚아 올린다

투망의 시간
— 숨은바다찾기 · 28

차가운 물결, 수온 13도
물고기들이 좋아하는 온도에 가까워졌다
그런데도 당기는 그물엔
물거품만 자옥하다
그런데도 사내는 무표정이다
다시 쟁이질을 하며
마음으로는
만선의 깃발로 귀향하는 것
풍어의 시절이 돌아오면
한 밑천 장만해
자식들 출가시키는 것
손주 보는 즐거움을 누리는 것

아아, 고기들아 나오느라
물 그늘 깊이 숨지만 말고 나오느라

지금 수온은 적당한 13도
그물을 당기는 손에 물집 잡혀도
천근 무게를 기다리는 손끝은 힘차다

물거품만 건지다
— 숨은바다찾기 · 29

바다는 요 며칠 파랑주의보로 들끓었다
몇 차례 천둥번개가 몰아쳤고
폭풍우가 부두의 낮은 곳을 휩쓸고 지나갔다
거품 속에서 보내는 나날
바람이 잦아들자 다시 그물을 내린다
사내는,
언제나 바람을 비해 항해하는 사람
그런데도 바람은 어미의 수배자
언제나 퍼렇게 눈뜨고 아들을 기다린다
그런 날은 술집마다 타령조가 한창이고
잘 손질한 그물도 바람에 찢겨나가고
종일 말린 작업복도 후줄근히 비에 젖는다
배를 띄워도
빈 그물로 돌아왔다는 전갈이
축축한 가슴을 깊이 후벼 파지만
사내의 뒤를 졸졸 따르는
저 갈매기들만 온통 사내 차지다

푸른 어장
— 숨은바다찾기 · 30

사내의 꿈을 실현할 어장은 어디쯤일까
배를 몰면 물보라만 일고
도무지 경계가 모호해지는 바다
어디에 그물을 내려야 만선을 이룰지 몰라
마냥 빈 배로 돌아가는 날들은
밤하늘 별들도 정수리로 뚝뚝 떨어지고
사납게 몰려오는 물보라만 눈앞을 가리는데
사내가 꿈꾸는 어장은 어디쯤일까,
한때는 공원벤치에서 통기타를 쳤던
알싸한 추억의 그리움은 바다에 던지고
지금은 오직 소금 같은 어장을 찾아가는 길
둘러보면, 하루 14시간의 궁한 노동과
그물을 당기면 당기는 만큼의 피로와
사내는 꿈의 절반에도 못 미치는 어획고와
파스로 다스리는 근육통의 저녁만 있었다
처음 만나는 바다는 늘 신비롭고
그 바다에서 건져 올리는 만선의 기쁨
그 기쁨의 나날이 충만하기를 기도하면서
사내는 저 광활한 바다에 중심을 묶는다

통발을 내리다
— 숨은바다찾기 · 31

통발을 내린지 만 하루가 지났다
이제 건져 올릴 때가 되었다
잔물결에도 요동치는 작은 통발선
사내는 스스로의 바다에 누워
청년기의 시절로 돌아갈 수 없는
아픈 추억을 떠올린다
바다는 잔잔하지 않아서 참 좋다
떠나려 해도 떠날 수 없는
이곳은, 사방 탁 트였지만 그 뿐
한 발짝도 내디딜 수 없는 망망대해茫茫大海
그래서 한 번 몸을 묶으면
평생 머물 수밖에 없는 감옥이다
뼛속까지 파고드는 차가움이
진실로 차갑지 않다고 느낄 때,
그때서야 비로소 어부라 말할 수 있다
바다에 머무는 일은 사내가 택한 일
통발에 묶인 손은 나무껍질 같다
굳은 손가락 마디에선 피가 흐른다

지금 사내가 할 수 있는 일이란
통발을 끌어올려 바다를 퍼 담는 것
뜨겁게 바다를 껴안는 일
문득 풍랑이 일어
저 바다에서 풀려나지 않는다면
분명 사내는 노래할 것이다
바다에서 눈 감는 일도 괜찮다고,
그래서 바다를 퍼렇게 품에 안는다고

속을 달래다
— 숨은바다찾기 · 32

바다에서 차리는 식탁은
언제나 싱싱하다, 살아서 펄떡거린다
냄비마다 끓어 넘치는 라면국물과
간이도마 위에서 뼈를 드러낸 생선들
잠시, 휴식을 취하는 시간은 식사시간
이 바다는 온통 먹거리다
오징어가 잡히면 오징어물회
가자미가 잡히면 즉석 뼈째로 먹는 세꼬시
이러다가 누군가에게 잡혀
싱싱한 횟감이 될지도 모른다는 두려움이
식사 때마다 문득문득 떠오른다
그리고 초고추장도 양념장도
맛깔스럽게 버무려야 한다는 생각조차
여기서는 사치스럽다
오직 노동을 위해 먹고 간간히 추위와
외로움으로 소주 몇 잔을 마실 뿐
일식음식점과는 처음부터 차원이 다르다
제 몸을 낱낱이 발겨 내놓는 회 한 점이

이 바다에선 사내를 살아있게 만든다
그 힘으로 그물을 던지고
그 힘으로 만선의 깃발을 매다는 것이다
초장에 범벅이 된 생선들이
눈알 부라리며 사내에게 묻는다
저 낱낱이 발가벗긴 슬픔의 무게를
우리 배부른 잣대로 가늠할 수 있느냐고

안개바다 · 1
— 숨은바다찾기 · 33

안개 자욱한 바다, 그물을 내리면
지느러미 파닥이는 소리가 들렸다
은비늘 날개를 씻는 듯한,
비린 냄새가 물결을 타고 스멀거리며 피어올랐다
물밑에서는 무슨 일이 일어나고 있는지
아무도 몰랐다, 아니 알 수가 없었다
보이지 않는 것을 말하는 것은 죄
들리지 않는 것을 말하는 것은 죄
안개가 안개를 집어삼키는 바다의 군무
사내는 아무 것도 할 수가 없었다
울컥, 두려움이 가슴을 치는
이곳은 맹인의 나라
한 치 앞도 보이지 않는 맹인의 나라
그물도 부표도 보이지 않는다
희뿌연 하늘 물고기들은 스멀스멀 몰려든다
마스트에 켠 등불도 지워진다
지독한 운무다
어디서 여인의 울음소리가 들리는 것 같았다

내일을 점 칠 수 없는 이 불안한 기운
도대체 어디에서 스멀거리며 일어서는 걸까
문득, 사내 안에서도 꿈틀거리는 안개
쓰린 가슴을 잡고 쓸어내렸다
울컥, 비린 바다가 주르르 흘러내렸다

안개바다 · 2
— 숨은바다찾기 · 34

이 바다에서의 안개는
보이는 것과 보이지 않는 것의 차이
그 사이에 삶과 죽음이 있다
아차, 부표를 놓쳤다
안개가 가시기까지 어디로 배를 몰아야 하나
입을 벌리지 않았는데도
희뿌연 기운은 폐 가득 와서 고인다
사내의 삶은 보이지 않은 때가 허다했다
스스로의 앞날을 볼 수 있다는 것은
한낱 착각일 뿐, 삼촌은 하늘을 보지 못했다
뭉게구름에 싸인 하늘을 보지 못하고도
그냥 보았다고 말하였다
모든 것은 시간이 알려주었다
이 바다의 안개도 바람이 걷어갈 것이다
그리하면, 사내의 부표도 떠오를 것이고
보이지 않는 것들이 보일 것이다
보이는 것과 보이지 않는다는 것
동전의 양면과 같은 그 사이에
바다에 대한 생각이 따로 따로 들어있다

만선의 꿈 · 1
— 숨은바다찾기 · 35

어미의 아들, 사내는 자주 꿈을 꾼다
점심 후 잠간의 휴식, 그 짧은 시간에
사내는 팽팽히 그물을 끌어올리고 있었다
가파르게 당겨지는 그물 속은
온통 은빛으로 퉁겨 오르는 고기 떼
만선의 깃발이 보이는 듯하였다
귀향의 선창에서 손 흔들며 반겨줄
어미와 아내, 자식들이 보이는 듯했다
부두를 떠날 때
늘 식솔들에게 다짐하던 말
만선으로 돌아가겠다는 그 말
그 약속은 좀처럼 지켜지지 않는다
사내는 오늘도 짧은 꿈속에서나마
그 약속을 지켜낸다
이게 현실이었으면 좋겠다
일장춘몽이아니라 논픽션이었으면 좋겠다
잠간의 휴식이 꿈이라고 해도
진정 만선滿船, 만선이었으면 좋겠다

만선의 꿈 · 2
— 숨은바다찾기 · 36

통발 앙망하는 일에
물집 잡히고
잡아당기는 손아귀의
힘도 느려져서
깜빡, 고개 떨구는
사내 등짝을
괭이갈매기가
휙 치고 간다
화들짝,
통발 가득 꿈틀거리는
대왕, 대왕문어들

파랑주의보
— 숨은바다찾기 · 37

오늘, 사내는 선술집에 갇혀있다
선창에 엎드려 바다를 행해 팔매질을 한다
풍랑은 방파제를 두드리고
바다로 나가지 못한 어부들이 묶여있는 술집
강제구인 당한 구릿빛 사내들이 뻘뻘 땀을 흘린다
오늘이 지나면 그들에게 돌아오는 것은
밀린 은행대출금 독촉고지서
그런데도 바다는 계속해서 파도와 파도 사이
울컥거리며 울분을 토해놓는 중이다
쏟아지는 빗물을 슬픔처럼 받아먹는 사람들
깊이 잠들지 못한 평화를 되뇌며
엎질러지는 등댓불에 퍼렇게 몸을 담근다
저 불빛은 가난한 사람들의 소원을 눈치챈다
언제나 신은 가진 자들 재산인 것처럼
파고는 다시 한 번 크게 솟구쳐 방파제를 때리고
둥근 꿈을 꾸던 사람들은 다시 절벽을 세운다
언제나처럼 만선의 깃발은 펄럭이지만
사내는 바다 없는 술집에 종일 갇혀있다

괭이갈매기에게
— 숨은바다찾기 · 38

사내는 수평선에 정박하고 말한다
괭이갈매기에게

나느, 너처럼 하늘을 갖고 싶다
너는, 나처럼 고물에 앉고 싶니

나는, 너처럼 가고 싶다
너는, 나처럼 머무르고 싶니

나는, 너처럼 노래하고 싶다
너는, 나처럼 침묵하고 싶니

나는, 너처럼 사랑하고 싶다
너는, 나처럼 외롭고 싶니

나는, 적막한 바다가 싫어
너는, 적막한 바다가 좋니

이 모든 것은,

내가 너일 수 없듯이

네가 나일 수 없듯이

그렇게 사내의 하루는 저물어간다

앉은뱅이의 저녁
— 숨은바다찾기 · 39

저자거리에 땅거미가 내리고 있었다
생선가게와 횟집 사이 좁다란 길로
단물 다 빠진 잿빛 담요 한 장이
땅바닥에 착 달라붙은 채 기어오고 있ㅇ었다
꼬물꼬물 쓸고 온 세월이 잔뜩 달라붙은
담요 사이로 목만 쏘옥 뽑은 사내
원양어선에서 불구가 된 정명재 씨
무릎까지 잘려나간 아랫도리를
검고 두꺼운 고무로 친친 동여맨 체
빛바랜 담요 한 장을 덮고 있었다
고장 난 세월을 되감아 돌리려는 듯
오래된 라디오의 볼륨을 한껏 켜놓고
이리저리 기어 다니며 탁발을 하고 있었다
아무도 그에게 눈길조차 주지 않았다
축축이 저무는 사내의 저녁은
까슬까슬한 담요 위에 흙탕물로 엉겨갔다
자라처럼 목을 길게 늘이고
꿈틀꿈틀 저녁을 휘저으며 가는 정 씨

그가 뿌리고 간 노랫가락이
시장거리를 까맣게 흔들어 놓을 때까지
어미의 아들 사내는,
정 씨가 밀고 간 깊은 배밀이자국을
자신의 삶처럼 오래 바라보고만 있었다

수평선이 편하다
— 숨은바다찾기 · 40

아내의 불평이 파도치는 날은,
수평선으로 씽씽 배를 띄우는 게 편하였네
푸른 물굽이 파도를 헤치며 달려가는 게 편하였네

바다에서 죽은 동료의 숨결을 만지고 싶은 날은
누군가 기다리며 목 놓아 울던 사람을 마주본 날은
괭이갈매기가 주둥이에 햇덩이를 물고 날아오르던 날은
제 몸보다 몇 배나 큰 다랑어의 획득을 꿈꾸는 날은
어미의 죽음을 껴안고 울지 못한 날은
헤어졌다 삼십년 만에 만난 여자가 문득 낯설어지는 날은
밤 저수지에서 풍덩 몸을 던진 사내의 퉁퉁 불은 몸이
낚싯바늘에 가까스로 걸려온 운 좋은 날은
먼 바다로 떠난 한 사내를 기다리는
젊은 아낙의 눈자위가 달무리처럼 환히 젖는 날은
바람에 부대껴도 끝내 아무것도 잡지 못해 납작해진
그런 날은,

스스로, 저 푸른 물굽이 수평선을 향해 씽씽 달려야했네

아무도 밟지 않은 새벽 눈길에 낙관을 찍듯
끝없이 펼쳐진 사내만의 공간
저 바다 수평선에서 한 마리 고래처럼 쓰러져야했네

가난한 노래
— 숨은바다찾기 · 41

바람 없는 날인데도 해일이 치네
더 좋은 것을 획득하기 위하여 바다에 몸 묻어야 하는
속살 허벅지까지 생선 비린내는 오래 묻어나네

만선을 꿈꾸네, 부두에서 기다리는 가족들을 보네
그들 눈 빨간 소망은 바람으로 나부끼고
밤이면 그물코에 거리는 은빛 고기들을 꿈꾸었네

갑판까지 물보라는 기어올라 가랑이는 소금기에 젖고
새벽하늘 수평선에 창백하게 걸려있는 초승달은
가난한 베란다에서 바라보던 그 달빛 그대로였네

찢기면 찢길수록 더욱 푸르게 출렁거리는 바다
구겨진 우리 사랑 바느질하듯 해진 그물코 기워가네
밤마다 별빛으로 띄우는 사랑 물 그늘로 깊어만 갔네

열두 평 임대주택에 사는 아내여
아직 기다려다오,

그대 이마 곱게 물들이는 노을은 저리 붉고
오늘도 푸른 숲의 나무이기 위해
집어등 불 밝히고 사내는 파도소리에 귀를 묻었네

따뜻한 편지
— 숨은바다찾기 · 42

한 사나흘 눈이 내리면
물길 밝히는 간드레의 불빛 속으로
굶주린 삽살개의 울음만 닫힌 바다를 밤새 물어뜯었네
아무도 잠 깨어 슬퍼하지 않는 밤
싱싱한 수초가 그리운 게들만 어둠을 잘게 설고 있었네
눈 더미에 깔린 포구의 나지막한 지붕들은 무너지고
퉁퉁 불은 바람만 추운 골목을 우루루 우루루 내달렸네
갈매기가 물어 나르는 아침언약은 돛대 끝에 고드름으로
남아있고
바람마저 지쳐 잠든 부두의 가장 허술한 지붕을 무너뜨리며
그해의 가장 무성한 눈발이 밤새도록 허기를 몰고 다녔네

누군가 희뿌연 달빛을 건져 올리고 있네
아직 바다는 잠 깨지 않고 서너 개의 견고한 어망을 준비할
때
몸져누운 것들이 별빛으로 일어서고 겨드랑이에 돋는 날개는
가볍네
젖은 어제의 문제가 씻겨나가고 썩은 판자마다 하나씩 헐려

나가네
　무엇일까, 새벽 뱃고동소리는 밤새 기운 어망에 노래가 살고
　물보라에 매몰될 수는 없네
　저 수평선 너머 내용 모를 바다는 더욱 출렁거리고
　바람이 일어선 자리 불씨는 살아있네

　한 개 나뭇잎으로 떠도는 바다, 한 가운데 서 보네
　얼마나 많은 날을 울며 헤매야 하는지
　사내의 손아귀에는 아직 견고하고 녹슬지 않은 그물
　쇠사슬처럼 번뜩이며 간밤의 눈물자국을 날려보내네
　이젠 버릴 수도 잊고 살 수도 없는 숙명의 바다, 무엇일까
　거대한 바람의 손으로 와서 닫혀있는 바다를 열고 있는
것들은
　그러나 새로 눈뜰 바다를 열기까지 해진 사랑 기우며
　아직 더 많은 날을 울어야만 하네
　만선으로 돌아가는 한 척 통통배이기 위해, 사내는

겨울 일기
— 숨은바다찾기 · 43

그 겨울 포구에서 사내는 춥게 살았다
쓸쓸히 공판장에 누운 크고 작은 가자미들과
짝짝 집게손으로 하늘 물어뜯던 대게들과
포구의 가장 허술한 곳에서 바람처럼 떠돌았다
오징어잡이선박들이 수평선으로 출항하는 저녁
어제 내린 눈으로 포구의 길들은 꽁꽁 얼었다
언제나 예고 없는 폭설에
포구의 모든 길들은 높다랗게 성을 쌓고
바다로 가는 길이 막혀버렸다
어부들은 깡마른 얼굴을 하고
습관처럼 간이천막술집으로 모여들었다
지난 얘기들을 오징어다리 씹듯 질겅거렸다
먼 바다로 떠난 배들이 돌아오지 못하는 내력을
그 불길한 예감을 풍문처럼 몰고 다녔다
바람처럼 떠돌아다니는 불운한 예감은
잔뜩 얼어붙은 하늘에 물감처럼 번져갔다
모두 납빛얼굴로 드럼통에 둘러앉아
또 하루를 저당 잡힐 때, 천막 끝에

겨우 켜둔 알전구는 자주 눈을 깜박거렸다
깊은 바다 속으로 달이 풍덩 잠기고
돌아갈 곳 없는 사람들만 자정을 서성거렸다
자식 잃고 마음 단단히 동여맨 서울 댁이
언 손을 비비며 늦은 밤 장사를 서두를 때
문득 눈발은 희끗희끗 찾아와 수신인이 없는
부고처럼 천막 위로 가볍게 몸을 날리곤 했다
방파제에 묶인 배들의 이마가 얼어붙고
날마다 가슴 졸이던 사람들도
서둘러 젖은 영혼이 사는 집으로 돌아가 버렸다
가슴 벼리려 왔다가 아무 것도 벼리지 못한 사내는
그 겨울 내내 포구에서 춥게 살았다

목숨의 바다 · 1
— 숨은바다찾기 · 44

포구에서 태어났지만 사내는 초자 어부였다
수평선 가까이 닻을 내리고
언제나 바람 많은 새벽에 누워
저 푸른 물굽이 어둠과 어깨를 나란히 했다

비린 소금기는 몸에 달라붙지만
살을 에는 바람에는 그리움마저 잠재워야했다
배를 몰면 파도의 숨결만 산같이 높아지고
아픈 쟁이질에 손바닥은 물집이 잡혀도
저 환한 별들을 바다까지 풍덩 끌어내려야만했다

언제나 마음은 포구의 집에 가 있었다
끝없는 식구들의 눈빛을 애써 가라앉히며
자르르 오는 손끝의 예감을 놓칠 수는 없었다
첨벙, 또 하나의 별이 수면 위로 덜어져 내리면
천개의 귀와 눈과 촉감을 나팔처럼 열어놓았다

기우뚱, 배의 중심이 흔들렸고

기우뚱, 우주가 흔들린다 달빛이 흔들렸고
별들이 투신을 해도 등대불빛은 보이지 않았다
흔들리는 곳에 가까스로 몸의 중심을 기대보았다

사내는 늘 적막한 바다 한 가운데 묶여있엇다
고요가 그를 잡아두고 물결처럼 출렁거렸다
숨죽인 뱃전에서 사내는 남은 생애를 감아올렸다

목숨의 바다 · 2
— 숨은바다찾기 · 45

눈부신 햇덩이가 수평선을 차고 올라
갈매기 날갯짓에서 아침을 열기까지
이제 사내는, 구멍 뚫린 어제를 수선하고
만선의 돛대 끝에다 만선의 깃발을 매단다
천근 무게의 닻을 끌어올리며
수평선 근처로 달려 나가면
언제나 뱃전을 후려치는 물보라
한 치 앞도 가늠할 수 없는 해무海霧
엉킨 삶처럼 그물을 풀어내려야만 했다
물집 잡힌 손으로 바람은 몰아쳐오고
날카로운 바늘마다 미끼를 달아 내리면
허기진 나날 위로 어느새 눈발은 펄펄 날렸다
벌써 달포 째 바다는 텅 빈 그릇이었다
털썩 주저앉은 자리마다 물거품만 솟아올랐다
바람만 걸려드는 휑하니 뚫린 그물
마른 바다엔 도무지 불가사리만 가득했다
배워야 할 것이 배를 타는 일이라고
물의 중심에 모진 삶을 내려야만 했다

해일이 치면 가자미처럼 갑판에 납작 엎드렸다
온몸에 달라붙는 소금기로 밀린 월세며
딸애 학원비와 외상값을 다스려야만 했다
부두에서 따라온 것들이
여전히 천근 납덩이로 어깨를 짓눌러온다
가라앉는 어깨, 축축 쳐지는 그물
그럴수록 사내는 다시 그물을 당겨야했다
물거품 속에서도 출렁이는 바다는
한 마리 등 푸른 생선이기에
절망할수록 더욱 만선을 꿈꾸어야만 했다
물밑 바다가 하늘로 퉁겨 얼굴 드러내기까지
사내는 여전히 물살을 어루만질 것이고
산 같은 파도에 멀미가나고 뱃전이 흔들려도
사내는 흐리지만 빛나는 별빛을 배경으로
가슴에 커다란 고래 한 마리를 매달고 있다

비린 저자에서
— 숨은바다찾기 · 46

어시장에 서면, 사내는
푸른 물굽이에 넘실넘실 흘러 다니는
고기 떼와 눈을 맞춘다
빤질거리는 가랑이마다 시퍼런 소금기를 매단다
행여 몸이 상할까봐, 얼음주머니를 차고 산다
그 몸에 찰싹 달라붙는 바람과
비와 어둠과 달과 별들을
뜨겁게 껴안고 산다, 사내는
아침마다 열리는 뱃길을 따라
종일 목소리를 파도처럼 높이다가
저녁이면 빈손 가득 쥐는 물보라
돛대 끝에 나부끼는 바람소리
괭이갈매기의 날갯짓소리
제 삶조차 푸른 물굽이에 묻혀서
구멍 뚫리는 것도 모르고 산다
이제 사내는,

섬과 섬 사이
— 숨은바다찾기 · 47

널따란 오동잎 하나를 닮은 섬
소나무 푸른 숲길을 따라 올라가는 길
테마공원 한 가운데 자리 잡은,
먼 바다를 고누고 선 등대 하나 만났네
전망대에서 쪽빛 바다를 한눈에 보네
후박나무 숲에는 동박새 울음소리
숲 전체가 울음소리로 달아올랐네
동백숲이 만드는 그늘과 가지 사이
알맞게 스며드는 햇살로 숲길은 정갈하네
미로 같은 산책길을 돌아 내려가면
깎아지른 절벽해안, 병풍바위와 소라바위
지붕바위와 코끼리바위가 가로 막았네
아무도 가닿지 못하는 벼랑 끝, 둥지 튼
물떼새 소리로 절벽 끝은 소란했네
바람이 불어오는 방향으로 귀를 모으면
문득 시누대로 활시위소리 살아나는가
충무공의 쩌렁쩌렁한 목소리 섬을 흔들면
가지마다 매달린 빨간 저것들은,

겨울을 이겨낸 나무들의 붉은 숨결이리라
저 붉은 얼굴들을 키운 것은 숲이 아니라
날마다 물보라를 다스려온 섬이라는 것을
문득, 사내는 깨달아보네
종아리 퍼렇게 몰아치던 바람이라는 것을

바다를 풀어놓다
— 숨은바다찾기 · 48

갈댓잎에 노을이 흠뻑 퍼질러 앉아있네
간혹 발목 적시고 있다가 갯벌로 떨어지기도 하네
그때마다 갯벌 둘레에 붉은 물이 도네
우거진 숲으로 다리를 놓는 붉디붉은 저 물결
숲과 바다와 갯벌이 환해지고 있네
시계방향으로 흐르는 물결이 바다 밑바닥
모래자갈 없이 퇴적물이 쌓여서 만들어진 갯벌
아주 미세하고 보드라운 여자의 살결 같은,
그래서 날마다 새로 식구가 이주해와 사네
갯벌을 휩싸고 도는 안개 사이로
망둥어와 짱둥어가 멀리뛰기 경기를 하고
벌써 갯지렁이와 게들이 갯벌에 둥지를 틀었네
저녁이면 붉은 물결이 갯벌로 숨어들고
희뿌연 안개와 몸을 섞으면서
초록 잎과 은빛 고기들이 환하게 달아오르네
붉은 빛이 어둠에 조금씩 길들여지면서
바다의 경계는 허물어지고 모두 한 빛깔이 되네
갈대숲은 머리를 풀고 푸른 물살을 풀어놓네

먹이 찾아 날아온 새들은 갯벌에 발목을 묻고
갈밭 사이로 흐르는 S자형 물길을 따라
굴양식과 김양식장의 흰 부표들이 둥둥 떠올라 있네
철따라 새조개, 전어, 멸치, 갈치 떼가 몰려드는
가막만, 숲이 잘 자란다하여 까막섬이네
여수와 고돌산, 돌산도와 개도로 둘러싸인
타원형의 가막만에 저녁이 들면
갈댓잎 서걱대는 소리에도 노을 퍼질어 앉은
이 마을사람들은 어느새 넉넉한 가슴이 되네
환해지고 있네, 저녁 어스름은 벌써 깊어졌지만

저무는 포구에서

— 숨은바다찾기 · 49

저녁 어스름이 포구 쪽으로 깊어졌네
무거운 짐을 벗어두고 비로소 휴식을 취하는 배들
철지나 집으로 돌아오는 통통배들의 군무가
벌써 항구 선착장 넓게 펼쳐지고 있네
밤길을 여는 등대불빛이 배들의 꽁무니를 따라가는
포구에서의 밤, 방파제 비추는 조명등이
초록, 노랑, 보라, 빨강으로 하늘에 수를 놓네
선명하면서도 느릿느릿한 저 불빛들
바다와 섬, 섬과 바다를 한 몸으로 엮고 있네
불빛이 비치는 밤바다는 하늘꽃밭
바라보면 바라볼수록 누군가 그리워지는,
함께 와서 눈빛 나누고 싶다는 생각이
오색의 불빛 속에서 칠색 무지개로 떠오르네
보아라, 에메랄드빛으로 출렁이는 물결 위에
가장 소중한 별들이 내려와 멱을 감는 것을
저리 아름다운 바다가 우리네 정겨운 삶인 것을
미움도 서러움도 푸른 물결이 떠나보내는 밤
밤새 잠들지 못하는 물 위로 흘러가는 구름

가난한 자나 부요한 자나 모두 한 마음으로
싱싱한 바다 한 접시 썰어놓고 바라보는
포구의 밤, 초롱초롱한 조명등 언저리로
모여드는 날것들
출항의 아침을 기다리는 통통배들이
저마다 이마를 마주대고 만선을 논의 중이네
그물을 내려라, 그물을
술집마다 꽃피는 웃음들이
굵은 뱃줄에 묶여 출렁출렁 흔들리다가
하늘 총총 알록달록 별로 떴네

푸른 바다에 눕다
— 숨은바다찾기 · 50

여름 바다에 꽃불잔치가 열렸네
뱃머리에 대형 서치라이트를 켜고
어군탐지기를 따라 천천히 미끄러져가네
그때마다 허공으로 솟구치는 꽁치 떼
은빛 파닥임이 밤바다를 물들이네
사내의 호령이 어둠을 가르면
벼락 치듯 대형그물이 심해로 내려지네
그것도 잠시, 조금씩 그물이 당겨지면서
그물 속은 은빛 파닥임으로 가득 찼네
마침내 피시펌프가 작동을 하면
갑판위로 엎질러지는 등 푸른 바다
형형색색의 빛깔들이 십자수를 놓았네

급랭된 고기들이 어창魚艙 가득 쌓이는
또 하루가 저무는 이곳은
영 해발 부근
투망과 냉동으로 눈 붙일 시간조차 없는,
그래서 쓴 약 같은 담배로도

눈두덩에 달라붙는 잠을 막을 수 없네
종일 로프에 몸을 묶고
어쩌다 잠깐 눈 붙일 시간이 허락되면
씻고 옷 갈아입을 틈도 없이
그물, 혹은 종이박스를 베개 삼아
비린내 질펀한 갑판위에서 잠이 들었네
그리운 얼굴들을 밤하늘에 별처럼 띄워놓고
밤마다 질긴 그물을 내리는
사내는 작은 어선의 선장
밤마다 하늘에 별을 매다는 자유인이네

에필로그
— 숨은바다찾기 · 51

쿵쿵 산 같은 파도가 뱃머리를 후려친다
기우뚱거리며 세상의 중심이 흔들리고
단단히 감아쥔 손아귀에 밧줄만 요동친다
가늘고 질긴 생명줄, 그 한 끝을 쥐고
파르르 전해오는 투명한 파닥임을 기다린다
짧지만 획득의 한 순간을 놓칠 순 없다
벌써 집 떠나온 지 사흘째인가
그리운 얼굴들이 달덩이로 차오른다
집어등 따라 몰려왔다 사라지는 고기 떼들
희뿌연 해무만 갑판에 자욱하다
가까스로 중심을 잡고 물 그늘에 내린
생의 무게를 가득 매단 질긴 낚싯줄
아직 손끝엔 아무런 어떤 조짐도 없다
던지고, 다시 감고, 끌어당기는 힘찬 쟁이질
귀 기울여야 들리는 어둠 속의 바람소리
스멀거리는 안개로 선명한 것은 이곳에 없다
하루에도 몇 번씩 감아올리는 그물에는
물거품만 가득하다

만선의 손맛을 본지 오래
다시 바람이 불고 물굽이가 높아진다
캄캄한 생의 바닥은 영 해발 부근
부력이 약해진 걸까, 자주 중심이 흔들린다
잠간 사이 꿈결 같은 꿈을 꾸었다
만선으로 회항하는 환하고 푸른 뱃길
아직 사내의 삶은, 망망대해 푸른 물굽이
흔들리는 부표로 아득히 흔들리고 있다
모든 것이 지워지고 다시 일어서는
여기는, 바다와 하늘이 맞닿은 수평선 근처
등 푸른 고래의 출몰을 기다리기까지
사내는 집어등 가득히 불을 밝히고 있다

| 시집후기 |

숨은바다를 찾아서

임 동 윤

숨은바다를 찾아서

임 동 윤

1.

바다를 소재로 한 연작시집을 펴낸다. 바닷가에서 태어나 바다를 밑천으로 살아가는 가난한 사람들의 삶의 형태를 나름대로 쉽게 형상화하려고 했다. 어쩔 수 없이 해녀가 된 어느 할머니의 물질평생과 바다를 벗어나려 해도 벗어나지 못해 끝내 아버지의 대를 이어 어부가 된 한 사내의 삶을 진솔하게 담아내려고 했으나 여의치 않다.

2.

　바다를 배경으로 살아가는 사람들처럼 우리의 삶도 중심에서 자주 벗어난다. 그렇다고 이 중심에서 벗어나 변두리에 사는 삶이라고 해도 결코 불행한 것이 아니며, 그 생각을 어디에 두느냐에 따라서 좌우된다고 여겨진다.

　문제는 서로 간의 소통이다. 부유함과 가난함, 권력과 비 권력, 배움과 못 배움 등등이 우리 삶을 지배하지만 진정한 삶의 얼굴은 아니라는 점이다. 가난하지만 성실하게 살아가는 사람들의 슬프지만 숭고한 이야기― 그것을 금번 연작시집 『숨은 바다찾기』에서 찾고자 한다.

3.

　과학문명이 고도로 발달한 오늘, 서로 간의 소통이 단절되어 인간소외의 분제가 커다란 화두로 다가온다. 물질만능이 가속화되는 시대에 소통을 염두에 둔 본 시집이 안겨주는 심리적 위안은 소외된 현대인의 가슴에 큰 위로가 될 것이라 사료된다. 개인주의적 사회에서 문학은, 특히 시가 안겨주는 정서적 감응이 끼치는 영향은 지대하고 이러한 효과 때문에 시를 통한 정신적 치료가 각광을 받아가고 있다.

　본 시집 『숨은바다찾기』는 어촌마을의 삶과 가족 간의 소통,

지역사회 간의 소통, 그리고 인간사회의 소통을 통해서 시로부터 멀어져간 독자들을 다시 시 앞으로 모셔오는데 그 목적이 있다.

4.

또한 이번 시집 『숨은바다찾기』는 풍경의 내면화와 내면의 풍경화가 겹쳐지는 지점에 둔다. 풍경 속에 스며있는 미세한 감정의 떨림이 시 속에서 '슬픔'이거나 '희망'으로 나타나기도 한다. 하지만 궁극적으로는 주변부에 머무르는 바닷가 사람들에게 건네는 따뜻한 시선은 서로의 소통이다.

단정한 문장에 담긴 낮은 목소리로 적막한 이미지에 실린 선비정신을, 자본주의 세계의 모든 소유를 초탈한 부재의 현실을 본 시집, 『숨은바다찾기』에서 노래하고자 했으나 많이 부족하다.

그러면서 본 시집은 주변부에 머무르는 독자와의 소통을 더욱 기대한다. 이를 위해 어렵과 난삽한 진술보다는 풍경의 내면화를 통해서 모든 삶의 대상을 따뜻하게 껴안아 생명을 부여하는 방법을 시 창작에 도입하는 것이다. 한 폭의 수채화를 그리듯 쉬우면서도 격조 있는 감동성 있는 작품을 창작의 제 1과로 삼는다. 새로운 상상력의 낯선 시, 미세한 언어의 직조로 이미지가 선명하게 드러나는 시, 그리고 읽고 나면 무언가 가슴에 진한 감동을 주는 그런 시편들을 본 시집에 담고자 했으나 묘사와 진술의 간격은 멀기만 하다.

5.

본 시집은 어린 시절 울진의 어느 바다에서 만났던 '광주리'란 별명을 가진 누이 같은 한 소녀의 추억이 모티브가 되었다. 가난한 포구에서 자란 그 소녀는 그 포구를 지키는 해녀가 되었으며, 그 해녀의 아들은 도회지 생활을 견디지 못하고 돌아와서 그의 아버지를 이어 어부가 되었다.

나는 그들의 삶을 통해 우리 조상들과 바닷가 사람들이 어떻게 살아온 것인가를 탐색하고자 했다. 제대로 짚어보지 못하고 시집을 펴내는 미욱함이 뇌리를 떠나지 못한다. 내가 나에게 미안하다.

이제 해야 할 일은 바다의 깊은 속을 알아보는 일이고 그 길의 도정에서 진정한 바나가 존재하기를 기대해보는 것이다.

기억이 지울 수 없는 무늬를 만들고 그 무늬가 내 삶의 한 방편으로 나를 지배해온 어린 시절. 그 바닷가에서 만난 사람들을 좀처럼 놓을 수가 없어서 오래도록 벼르다가 마침내 그 바다를, 『숨은바다찾기』를 통해 내보인다. 그러나 내 시에게 많이 부끄럽고 또 미안하다.

임동윤

1948년 경북 울진에서 태어나 1948년 강원일보 신춘문예에 시로 등단한 후, 1992년 문화일보와 경인일보에 시조로, 1996년 한국일보에 시로 당선하였다. 시집으로 〈연어의 말〉 〈나무아래서〉 〈함박나무 가지에 걸린 여름〉 〈아가리〉 〈따뜻한 바깥〉 〈편자의 시간〉 〈사람이 그리운 날〉 〈고요한 나무 밑〉 등이 있다. 수주문학상, 김만중문학상, 천강문학상을 수상했으며 한국작가회의 회원이자 표현시 동인으로 활동하고 있다.

시와소금 시인선 061

숨은 바다 찾기

ⓒ임동윤, 2017, printed in Seoul, Korea

1판 1쇄 발행 2017년 04월 10일
지은이 임동윤   펴낸이 임세한
펴낸곳 시와소금   디자인 유재미 정지은

출판등록 2014년 1월 28일 제424호
발행처 강원 춘천시 충혼길20번길 4, 1층 (우·24436)
편집실 서울시 중구 퇴계로50길 43-7 (우·04618)
팩스겸용 (033)251-1195 / 휴대폰 010-5211-1195
이메일 sisogum@hanmail.net
ISBN 979-11-86550-39-7   03810

값 10,000원

* 이 책은 한국출판문화산업진흥원 출판콘텐츠 창작자금으로 제작되었습니다.